ANTOINE CONSTANTY

POUR RIRE
UN BRIN

20 Contes humoristiques en vers

Mieux vault de Ris
que de Larmes escrire.

(RABELAIS)

PARIS

JOUVE & Cie, ÉDITEURS

15, Rue Racine, 15

1928

POUR RIRE UN BRIN

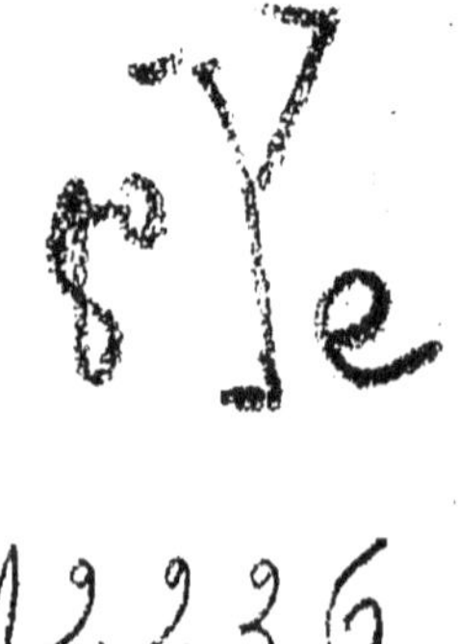

ANTOINE CONSTANTY

Receveur honoraire de l'Enregistrement et des Domaines
Gourdon (Lot)

POUR RIRE

UN BRIN

20 Contes humoristiques en vers

Mieux vault de Ris
que de Larmes escrire.

(RABELAIS)

PARIS

JOUVE & Cie, ÉDITEURS

15, Rue Racine, 15

1928

Pourvu que mon conte t'amuse,
Cela me suffit, cher lecteur ;
Je ne demande pour ma muse
Pas un merci, pas une fleur.

Pour mes vers ne sois pas sévère.
Veuille me lire jusqu'au bout
Car je n'ai pas pondu, j'espère,
Des contes à dormir debout.

POUR RIRE UN BRIN

PÊCHEURS DE LUNE

Deux hommes regagnant leurs lares
Aperçurent dans une mare
La lune en toute sa rondeur.
Ce fut pour eux de la stupeur :
Ils la crurent du ciel tombée
Et en restèrent bouche bée.
Sortant de son silence, enfin,
L'un d'eux qui se croyait malin
Dit à l'autre : « Quelle fortune
« Si nous pouvions prendre la lune.
« S'il plaisait au divin Jésus
« Nous en ferions de beaux écus.
« Ce serait chose très facile
« Que de la porter à la ville.

« Nous l'y vendrions un bon prix ».
Le second fut de son avis.
« Le travail n'est pas long à faire
« Et voici l'outil nécessaire »,
Dit-il. Donc, s'aidant d'un râteau,
Ils cherchent à sortir de l'eau,
Sans se douter de leur sottise,
Cet objet de leur convoitise.
Ils travaillent avec entrain ;
La lune bouge, c'est certain ;
Sous l'effort de l'homme elle arrive
Et sera bientôt sur la rive...
... Las ! elle a disparu soudain
Et nos hommes cherchent en vain
A retrouver sa blonde image
Que cache le noir d'un nuage...
Quel mauvais sort les poursuivait ?
Or voici qu'un âne buvait,
Etant venu sans crier gare,
Avidement l'eau de la mare.
Un démon devait l'affoler
Car il buvait à s'en gonfler.

Nul doute, la bête importune,
En buvant, avait bu la lune.
Tuer l'animal, sans remords,
Et lui arracher son trésor,
C'eut été courir l'aventure
De subir une perte sûre,
Car notre baudet, jeune encor,
Valait bien quelques louis d'or.
Le purger était préférable.
Vraiment ce serait bien le diable
Si l'on n'obligeait pas enfin
La bête à rendre son larcin.
On surveillerait le passage.
Nos villageois se croyant sages
Jugèrent leur dessein parfait.
Très rapidement ce fut fait :
L'animal eut sa médecine
Abondamment, on l'imagine.
Alors nos hommes satisfaits
En attendirent les effets.
Trouvant la marche du temps lente,
Pour tromper l'ennui de l'attente

Ils devisèrent, supputant
Les bénéfices importants
Qu'ils tireraient de l'aventure
Et parfois toute leur figure
D'un large rire s'éclairait...
Le dénouement se préparait...
Tout à coup éclata l'orage
Et trop rapproché leur visage
En fut partout éclaboussé...
Lorsque leur émoi fut passé
Ils virent dans le ciel la lune
Qui riait de leur infortune.
Hélas ! pour eux étaient perdus
Et leur rêve et les beaux écus.

Combien d'hommes cherchant fortune
Ne sont que des pêcheurs de lune ?

L'AGILITÉ DE ROSE

Lucas dont les vingt ans sonnés
Aimaient à reluquer les filles,
S'en allait un jour vers ses blés,
Sur son épaule une faucille.
Il rencontre sur son chemin,
Rose, sa petite cousine,
Qui menait un fringant poulain
Dans une pâture voisine.
Elle était simple et sans façon,
Jolie et fraîche, la brunette.
Ils s'en allaient en court jupon
Les seize ans de notre Rosette.

L'AGILITÉ DE ROSE

Ils s'abordent, comme il convient :
« Bonjour Lucas » ; « Bonjour, la Rose »
Commençant un long entretien ..
Ils ont à dire tant de choses...
Impatienté, le poulain
Que tenait toujours notre belle,
Fit une ruade soudain
Qui renversa la demoiselle.
Le court jupon se retroussa.
Ce que vit Lucas, je l'ignore,
Mais je sais que son œil tiqua,
Que son rire fusa sonore.
Rose se relève d'un bond.
Les yeux baissés et rougissante,
Elle jette à son cousin blond,
D'une voix quelque peu tremblante :
« As-tu vu mon « Agilité »...
— « Vous avez bien de la bonté,
« Répond Lucas, ma chère Rose,
« Pour me faire connaître ainsi,
« Car je l'ignorais jusqu'ici,
« Le nom... d'une si belle chose. »

Bras découverts, jupons menus,
Jambes au vent, seins demi-nus,
Mesdames, leur moindre aventure
Vous met en bizarre posture.
Certaines d'entre vous pourtant,
Ne s'émouvant pas pour autant,
Rêvent d'en montrer davantage.
Mais... ce ne sont pas les plus sages.

L'ANE RÉCALCITRANT

Allant à la ville voisine
Un vieux sur son âne trottine
Quant tout à coup le bourricot,
Sans raison arrêtant son trot,
Se fige incontinent sur place.
C'est en vain que l'homme menace
Et coups de bâton fait pleuvoir,
Car l'animal, sans s'émouvoir,
Vieille et récalcitrante bête,
Voulant n'en faire qu'à sa tête,
Refuse d'avancer d'un pas.
Lors surviennent trois joyeux gâs,
Trois fiers lurons, hardis compères,
Qui rêvent d'une farce à faire.

L'un d'eux, c'était le plus malin,
Courant chez un fermier voisin,
— Que Dieu lui pardonne et le garde —
En rapporte un pot de moutarde
Et un pinceau. « Mon vieux, voilà,
« Dit-il, avec ces objets là,
« Sans employer bâton ou canne,
« De quoi faire marcher ton âne.
« Prenant le pinceau que voici
« Trempé dans le pot, sans merci,
« Avec ta vigueur coutumière,
« Tu vas frotter, dans son derrière,
« L'endroit sensible, comprends-tu ?
« Miracle, s'il reste têtu !»
Pressé de commencer la cure
Le vieux descend de sa monture
Et fait ainsi qu'on l'avait dit.
Notre bourricot mal le prit.
Par de nombreuses pétarades
Et par d'incessantes ruades
Il fait le vide autour de lui
Laissant notre homme tout marri.

L'ANE RÉCALCITRANT

Tout à coup, nouvel acrobate,
Il s'enlève des quatre pattes
Et, dédaignant le simple trot,
Part dans un furieux galop.
Le vieux s'élance à sa poursuite,
Mais ne peut courir aussi vite.
Le baudet gagne du terrain
Et voici que l'homme, soudain,
Epuisé par sa course folle,
Tout haletant, la jambe molle,
Jugeant ses efforts superflus,
S'arrête enfin, n'en pouvant plus.
Lors s'approchent nos trois compères
Et l'un ricane : « Mon vieux père,
« Si tu veux te ragaillardir,
« Pouvoir après l'âne courir,
« Puisque ta jambe trop retarde,
« Il faut te frotter de moutarde.
« Tu l'as vu, le système est bon.
« Ote vite ton pantalon
« Et applique-toi le remède.
« Nous sommes-là... Veux-tu qu'on t'aide ? »

L'ANE RÉCALCITRANT

L'homme est un nuisible animal.
Prenons garde aux conseils des autres.
Remèdes de certains apôtres
Sont souvent pires que le mal.

LA DÉCLARATION DE NAISSANCE

Ils étaient trois bretons, paysans sans reproche,
Venus pour déclarer, à la ville tout proche,
La naissance d'Yvon. L'un d'eux était François,
Le père ; les autres : deux amis et tous trois
Avaient auparavant, fiers comme des Alcades,
Ingurgité gaiement quelques bonnes rasades,
Comme il convient toujours en de semblables cas.
Voici donc nos bretons honnêtes, chapeau bas,
S'avançant le premier, comme de droit, le père,
Tous les trois réunis devant le secrétaire
Chargé de recevoir leur déclaration.
Ils exposent leur cas, non sans émotion.
D'un air un peu bourru, notre fonctionnaire,
La plume entre les doigts, leur dit : « Le nom du père »

Aussitôt comme mus par un ressort, tous trois,
D'un même geste, font le signe de la Croix.
« Nom du père » reprend, d'une voix qui s'indigne,
Le préposé. Les trois refont le même signe,
Sous l'œil d'un spectateur follement amusé.
Le scribe impatient, quelque peu médusé,
En scandant chaque mot, sur un ton plus sévère,
Pour la troisième fois leur dit : « Le nom du père ».
Lors nos bretons naïfs répondent à la fois :
« Mais, mon brave Monsieur, nous l'avons fait tous trois ».

. . . . , ...

Souvent naïveté cache de la malice.
Nos hommes, je crois bien, parlaient sans artifice,
Mais pourtant nous savons qu'il arrive parfois,
Grâce au Diable malin, l'Amour étant complice,
Qu'un tel travail se fait ou par deux ou par trois.

TOUT CHAUD. TOUT FROID

Bercés par le pas de leurs mules
De Don Quichotte deux émules,
Jeunes tous deux et un peu fous,
Nonchalamment, je ne sais où,
S'en allaient songeant à leur brune
Ou plus simplement à la lune
Qui la nuit au ciel brillera.
Sur le versant d'une sierra,
Tandis qu'ils poursuivaieut leur rêve,
Voici qu'un vent glacial se lève
S'abattant sur nos jouvenceaux.
L'un d'eux, prudent, d'un long manteau
S'était muni. L'autre, peu sage,
Comme sont beaucoup à son âge,

N'avait point pareil vêtement,
Ayant jugé ce complément
Pour lui tout à fait négligeable.
Mais par ce froid impitoyable
C'eût été précieux secours.
Ne pouvant pas avoir recours
A son compagnon de voyage
Qui n'admettait point le partage
Comme l'eut fait un saint Martin,
Il dut supporter son destin
Et grelotter sous la froidure.
Chose bizarre en l'aventure,
Il entendait son compagnon,
Plus qu'il ne convenait grognon,
Quoique couvert par sa fourrure,
Maudire la température,
Disant : « Mon corps est à l'abri,
« Mais à la bise qui s'aigrit
« Reste livré, non sans supplice,
« Tout mon nasical appendice
« Lequel sera vite glaçon
« Par un froid de cette façon. »

— « Mais alors que devrais-je dire,
« Répond l'autre, moi, pauvre sire ?
« Du froid mon corps subit l'assaut.
« Seule une partie est au chaud,
« La moins intéressante : celle
« Qui prend contact avec la selle.
« Dès lors, tu le devines bien,
« Mon sort est pire que le tien. »

    — « Chacun de nous, mon pauvre frère,
« Dit le premier, a sa misère.
« Mais notre cas est singulier.
« Tout serait bien plus régulier,
« Du moins, ainsi, je le suppose,
« Si, pour mettre ordre à toute chose,
« Je pouvais, par un geste adroit,
« Plonger mon nez au seul endroit
« Où nul froid chez toi ne pénètre,
« Car j'aurais chaud dans tout mon être,
« Tandis qu'au contraire, pour toi,
« De la sorte tout serait froid. »

  . . . .

TOUT CHAUD. TOUT FROID

Je n'aime pas cet égoïste
Qui pour lui seul conserve tout.
J'abhorre ceux — la race existe —
Voulant fourrer leur nez partout.

LES BAGUES

Le matin de son mariage,
André, bûcheron au village,
Hors de son lit s'étant trouvé
Bien avant le soleil levé,
Sortit joyeux de sa demeure.
« Puisque j'ai libres quelques heures,
« Ayant pris mon premier repas,
« Murmura-t-il, pourquoi ne pas
« Les employer à de l'ouvrage.
« Les temps sont durs. C'est être sage
« Que de songer au gagne-pain
« Du jour même et du lendemain.
« Nous ferons ensuite la noce
« Car je ne roule pas carrosse.

« Le travail avant le plaisir ! »
Et il fit selon son désir,
Ayant d'abord, d'un geste vague,
Mis dans son pantalon les bagues
Tout à l'heure devant servir,
Devant le prêtre, à les unir.
Le voici donc, avec courage,
S'attardant longtemps à l'ouvrage
Si bien que l'heure s'avançait
Et que déjà s'impatientait
La Madeleine, sa promise :
Il fallait partir pour l'église.
Quelqu'un s'en vint pour le chercher.
Voulant alors se dépêcher,
Ne pas retarder davantage
Les invités au mariage,
Dessus son premier pantalon
Il en fit glisser un second,
Celui réservé pour la fête,
Et la noce, futurs en tête,
Un peu bruyante, s'ébranla...
— Etant dans l'église, voilà,

Lorsque chacun fut à sa place,
Que le pauvre André dont la face
Blêmit tout à coup, se souvint
Des deux bagues que le matin,
Par une fâcheuse sottise,
Dans une poche il avait mises
De son pantalon de dessous.
Son embarras le voyez-vous ?
André, quelques instants, hésite
Puis, d'un geste inattendu, vite,
Tremblant un peu d'émotion,
Il entr'ouvre son pantalon.
Ayant vu le geste insolite
Le sacristain se précipite.
« Vous êtes donc fou, mon garçon !
« Vous en avez une façon
« De célébrer un mariage !
« Il conviendrait d'être plus sage
« Pour vous préparer dignement
« A recevoir le sacrement. »
— « Mais c'est que, bégaye notre homme,
« Tout écarlate, Dieu sait comme !

« C'est qu'au moment de nous unir
« Je voudrais les faire bénir. »

. . . .

Le jour de votre mariage
Ne soyez pas dans les nuages,
Jeunes et confiants époux.
Les invités ont l'œil sur vous
Et vos moindres étourderies
Sont sources de plaisanteries.
Surtout prenez garde aux gaillards
Qui, rendus très vite égrillards
Par les vins chauffant leur cervelle,
Ne songent qu'à la bagatelle.

L'URNE DE MARIUS
OU
LE BIEN D'AUTRUI TU NE PRENDRAS

Marius, enfant de Marseille,
Pàr une faveur sans pareille,
Fut, un certain jour, m'a-t-on dit,
Porté vivant au Paradis
Le fait paraît invraisemblable.
Ce n'est pourtant pas une fable
Que je vais dire à mon lecteur,
Car j'ai foi dans mon narrateur.
Puis tout miracle, j'imagine,
Dans un pays où la sardine
Bloque le port pour s'amuser,
Doit pouvoir se réaliser.
Voici donc Marius, notre homme,
Souriant et fier, Dieu sait comme

Jambe alerte, les yeux ravis,
Faisant le tour du Paradis.
Sans réserve aucune il admire
Les beautés du Céleste Empire
Quand tout à coup notre héros
Se trouve aux abords d'un champ clos
S'Allongeant à perte de vue.
Partout, sur l'immense étendue,
Ce sont des vases par milliers,
Vases aux aspects singuliers,
A large ouverture et d'argile,
Chacun d'eux contenant de l'huile
En inégale quantité,
Les uns pleins, d'autres à moitié
Et beaucoup aussi presque vides ;
Tous enfin ayant du liquide,
Mais à des degrés différents.
A quoi bon ces récipients ?
Un ange qui passait explique :
« Chacun de ces vases s'applique,
« Selon le vœu de l'Eternel,
« A l'existence d'un mortel.

« La chose à comprendre est facile :
« Plus le vase renferme d'huile,
« Plus longtemps sur terre vivra
« L'Etre à qui Dieu le destina.
Marius alors sollicite
Qu'on lui fasse connaître vite
Le vase portant son destin.
Aussitôt le mentor divin
Dans plusieurs sentiers le promène
Et, après maints détours, l'amène
Près de son urne. Sans retard
Notre homme y plonge son regard,
Mais, ô surprise, à l'instant même,
Le voici devenant tout blême,
Le sang s'arrêtant dans son cœur.
Ses yeux expriment la terreur
Et tout son corps tremble et chancelle,
Car son urne est une de celles
Où l'huile, en un proche avenir,
Ne sera plus qu'un souvenir.
Dans le fond quelques rares gouttes.
Bientôt c'est la mort qu'il redoute

Emplissant son âme d'effroi.
Dans sa cervelle en désarroi
Où trottent des pensées fumeuses,
Soudain, une idée lumineuse
Surgit, car le vase voisin
Du précieux liquide est plein.
Transvaser dans son pot cette huile
Lui paraît chose très facile.
Ce n'est pas un crime, après tout,
De prendre à ceux ayant beaucoup.
Marius que le diable excite
Dans l'urne pleine plonge vite
Son index, puis le retirant
De liquide tout ruisselant
Le fait s'égouter dans son vase.
Ainsi maintes fois il transvase
Le contenu du pot voisin
Point de remords pour son larcin.
Son mouvement se précipite
Et va de plus vite en plus vite,
Son urne s'emplit à vue d'œil.
L'homme contemple avec orgueil

Son œuvre dont il s'émerveille,
Lorsque, soudain, il se réveille
Sous le coup d'un maître soufflet.
Quelle cause a produit l'effet ?
Marius, bouche ouverte grande,
Les yeux hagards, se le demande...
Or sa femme grondait ainsi :
« Vas-tu donc finir ? Car voici
« Que depuis plus d'une minute
« Et sans que rien ne te rebute,
« Avec le geste d'un vrai fou,
« Tu plonges ton doigt Dieu sait où !
« Puis, t'agitant fort sur la couche,
« Tu le replonges dans ma bouche »...
      Depuis délaissé, m'a-t-on dit,
L'homme reste seul dans son lit,
Car toujours sur la défensive,
Par crainte d'une récidive.
Ainsi l'exige sa moitié...
— Par où l'on pèche on est châtié...

Tous nos actes Dieu les surveille.
Ne prenons pas le bien d'autrui.
Qu'il soit de Lille ou de Marseille
Un voleur est toujours puni.

Ce n'est qu'un songe que regrette
Notre coupable bien fâché,
C'est entendu, mais, plus honnête,
Même en rêve il n'eût point péché.

*N*AIVETÉ

Les habitants d'un gros village
— Je ne vous dirai pas le nom,
Mais c'était dans le voisinage
D'un fort beau chef-lieu de canton —
Réunis par le doyen d'âge,
Après maint et maint bavardage,
Ayant, dans un rêve orgueilleux,
Résolu d'atteindre les cieux,
Apportèrent sur la grand' place,
Sans s'étonner de leur audace,
Naïvement, tous leurs tonneaux.
Le spectacle était certes beau.
Les montant les uns sur les autres
Ils en firent, nos bons apôtres,

NAÏVETÉ

Une colonne qui bientôt
S'éleva dans le ciel, très haut.
C'était vraiment une merveille.
Ils furent très vite à la veille
De voir terminer leurs travaux.
Il n'y manquait plus qu'un tonneau.
« Donnez encore une barrique »,
Dit le chef, et quelqu'un réplique :
« Mais il ne nous en reste plus ».
Tous leurs espoirs semblaient perdus.
Un qui voulait se croire habile
Dit alors : « Mais c'est bien facile :
« Enlevons celle de dessous
« Et nous la hisserons au bout ».

. . . .

Faire un trop grand rêve est sottise.
Rarement il se réalise.
Fous sont certains ambitieux
Qui veulent monter jusqu'aux cieux !
D'aucuns, pour grossir leur fortune,
Ont fait de gros trous à leur lune.

NAÏVETÉ

Que d'autres, comme nos héros,
Désirant s'élever plus haut
Par de trop naïfs artifices,
Ont fait crouler tout l'édifice !

LES DEUX RELIGIEUSES ET L'HUISSIER

Pensives et silencieuses,
Péniblement, deux Religieuses,
Par les durs sentiers rocailleux
Qui se dirigent vers les Cieux,
Arrivent enfin près de Pierre
Et adressent cette prière
Au digne gardien du Saint-Lieu :
« Humbles servantes du bon Dieu,
« Pendant notre séjour sur terre,
« Nous espérons, O Grand Saint Pierre,
Dirent-elles timidement,
En baissant les yeux chastement,
« Que, maître de la Porte Sainte,
« Vous nous admettrez dans l'Enceinte
« Réservée aux Heureux Elus... »

— « Las ! vos désirs sont superflus,
« Dit Pierre, d'une voix bougonne.
« L'endroit où séjournent les Nones
« Est archi-plein et je ne puis,
« Sans me créer de gros ennuis,
« Accéder à votre requête.
« Il faudra donc vous mettre en quête
« De trouver un nouveau logis.
« Cherchez ailleurs qu'au Paradis »...
Mais voici que frappe à la porte,
Bientôt après, d'une main forte,
Quelqu'un de proprement vêtu.
L'apôtre dit : « Qui donc es-tu
« Et que faisais-tu sur la terre ? »
L'homme répond : « Illustre Pierre,
« Vénéré Saint, pour tout métier,
« Pendant trente ans je fus Huissier.
« J'ajouterai, sans vantardise,
« Puisqu'il faut qu'ici tout je dise,
« Que je vécus honnêtement,
« Sans jamais nuire à mon client. »
Lors le Saint dit, dans un sourire :

« Entre, comme tu le désires,

« Mais je te préviens franchement

« Que tu n'auras pas d'agrément.

« Tu te trouveras solitaire.

« Car jusqu'ici, troublant mystère !

« Nul autre huissier ne fut admis

« A pénétrer au Paradis. »

. . . .

Mon Dieu, dans un but de justice,

Je demande qu'on agrandisse,

Sans plus tarder, le Paradis.

Les Bons ont droit à ce Logis.

Dans notre siècle, hélas ! frivole,

Nombreuses sont les vierges folles ;

Mais leur nombre décuplera

Quand, sur la terre, l'on saura

Que désormais, chose cocasse,

Par suite du manque de place,

Aux plus sages on interdit

D'avoir accès au Paradis.

DIX MINUTES D'ARRÊT. BUFFET

Brave homme, mais un peu bizarre,
Mon vieil ami, l'ex-Chef de Gare !
Avec quelle ardeur il jetait,
Pendant sa tâche journalière,
Dès qu'un train devant lui stoppait,
La phrase simple et coutumière :
« Souillac, dix minutes d'arrêt,
« Messieurs les voyageurs, buffet. »
Comme il était fier de son rôle !
Sa voix sonnait comme un clairon.
Mais quelques-uns la trouvaient drôle
Et singulière sa façon....
— Or, un jour — c'était vers l'aurore —

Qu'il dormait près de sa Fanchon,
De sous les draps sortit un son
Discret d'abord, timide encore,
Puis enfin hardiment sonore .
Mi-réveillé par la chanson,
Croyant qu'un train était en gare,
L'homme, soudain, sans crier gare,
Se dresse d'un bond sur son lit.
Son casque à mèche en tressaillit
Et tandis que, d'humeur guerrière,
Flottait joyeuse sa bannière,
Il lance à pleine voix : « Buffet ;
« Souillac, dix minutes d'arrêt »....
— Très véridique est mon histoire.
Sans crainte vous pouvez y croire.
Du reste, tant qu'il vous plaira,
D'une exubérante nature,
Lui-même vous la contera
Le héros de cette aventure.
Pourtant évitez sa Fanchon
Qui, de l'effet étant la cause
Et n'aimant guère qu'on en cause,

Serait capable, sans façon,
De faire pleuvoir sur vos têtes
De savoureuses épithètes
Vous rimant gentiment en « chon ».

LE GROS PÉCHÉ

« Hélas ! mon père, je m'accuse,

« Vous m'en voyez toute confuse,

« D'avoir commis un gros péché

« Dont Dieu doit être bien fâché.

« Aussi vous le dire je n'ose

« Tant me paraît grave la chose ! »

« — Allons mon enfant, dites-moi

« Ce qui vous cause un tel émoi.

« Tous les pardons Dieu les accorde.

« Comptez sur sa miséricorde... »

« — Mon père, eh bien ! voici : j'ai fait,

« Dans une église, un jour, un pet. »

« — Quoiqu'il soit peu recommandable

« Le cas n'est pourtant pas damnable.

« Les mortels point parfaits ne sont.

« Lequel jamais ne fît... un son ?... »

« — S'il eût été discret encore !

« Mais le bandit chanta sonore,

« Joyeux comme un « cocorico »

« Et réveilla plus d'un écho. »

« — C'est très regrettable sans doute,

« Mais n'ayant ni crevé la voûte

« Ni brisé le moindre vitrail,

« Pourquoi faire un épouvantail

« D'une faute en somme légère ? »

« — Que Dieu vous entende, mon père

« Et me pardonne sans retard ! »

« — Mais n'auriez-vous pas par hasard,

« Ce qui serait une autre affaire.

« Eteint le feu du sanctuaire ?

« Ayant profané le Saint Lieu.

« Grave serait l'offense à Dieu. »

« — Oh, non, mon père ! » — « Alors ma fille,

« Le péché n'est que peccadille

« Et volontiers je vous absous.

« Par Dieu, ne jamais puissiez-vous,

« Gardant toujours une âme haute
« Commettre une plus lourde faute !
« Mais néanmoins il conviendra,
« Autant que faire se pourra,
« Quand vous serez dans une église
« Où la bienséance est de mise,
« De surveiller l'oiseau chanteur
« Et de lui verrouiller la porte
« Si vous ne voulez pas qu'il sorte...
« ...Allez en paix, ma chère sœur. »

Beaucoup d'émoi pour peu de chose !
Un pet, d'ordinaire n'est rien
Qu'un vent léger fleurant la rose,
Qu'un soupir qui soulage bien.

MUSETTE

Depuis deux ans que son mari
Pour l'autre monde était parti,
Marthe ne pensait qu'à son âme.
Il est cruel pour une femme
De ne point connaître le sort
Qu'on réserve à son pauvre mort.
Ce qui la désolait, en somme,
C'était d'ignorer où son homme
Qui n'était pas des plus dévots,
Jurant souvent mal à propos,
Pouvait se trouver à cette heure.
Dieu l'avait-il en sa Demeure ?

Sous l'œil des démons grimaçants
Etait-il l'hôte de Satan ?
Devant cet angoissant mystère,
Dès lors qu'il eut quitté la terre,
De gémir elle ne cessa.
Or, un jour, un homme passa,
Portant une grande lunette,
Si puissante et tellement nette
Qu'il se faisait fort de pouvoir
Dans l'autre monde apercevoir
Et sûrement y reconnaître
Tous les sites et tous les êtres,
Il était prêt à le prouver.
La veuve s'en vint le trouver.
« C'est pour mon François, lui dit-elle,
« Dont je veux avoir des nouvelles. »
Elle lui en fit le portrait,
Lui en décrivant chaque trait
Complaisamment. Notre homme apprête,
Pendant ce temps-là, sa lunette.
« Commençons d'abord par l'enfer
« Où règne en maître Lucifer.

« Parmi les damnés qui s'agitent

« Au sein des flammes qui crépitent,

« Je n'aperçois pas votre époux.

« Donc, désormais, rassurez-vous

« Puisqu'il est certain que son âme

« Ne craint plus l'éternelle flamme ;

« C'est là le point essentiel.

« Allons maintenant dans le ciel

« Avec les âmes bienheureuses.

« Mais parmi ces foules joyeuses,

« Foules innombrables d'élus,

« Je ne l'aperçois pas non plus.

« Sans nous tromper, nous pouvons croire,

« Dès lors, qu'il est au purgatoire.

« Tournons vers lui notre appareil. »

Mais le résultat fut pareil :

Du pauvre François pas de trace.

« Vrai ! dit l'homme, ceci dépasse

« Tout ce qu'on peut imaginer

« C'est à nous en faire damner !

« Pourtant son trépas est notoire.

« Donc, ciel, enfer ou purgatoire,

« Sauf escamotage, François

« Doit se trouver dans l'un des trois.

« Je veux que le diable m'emporte

« Si l'on peut penser d'autre sorte

 « Revenons au point de départ. »

— François n'apparut nulle part.

Aventure vraiment cocasse !

Alors l'homme, de guerre lasse,

Allait fermer son instrument

Quand, dans le fond du firmament,

Il vit tout à coup apparaître,

Marchant les yeux rêveurs, un être

Qui ne paraissait point lassé,

Mains dans les poches, peu pressé

De terminer sa longue route...

— C'était François; sans aucun doute...

« Il s'en va vers le Paradis.

« Je le vois comme je le dis.

« Il arrive et, d'une main forte,

« Le voici qui frappe à la porte.

« La porte s'entr'ouvre à demi...

« On parlemente... Il est admis,

« Comment expliquer ce mystère ?
« Pour aller au Ciel, de la terre,
« Mettre deux ans, c'est un peu fort
« Puisqu'il est vrai que chaque mort
« — Du moins on le croit en ce monde —
« Y vole en moins d'une seconde. »
— « La règle a son exception,
Dit Marthe, avec émotion.
« Pour moi qui n'ignore pas comme
« Se montrait lambin mon cher homme,
« Ce retard ne me surprend pas.
« Sur terre il marchait à lents pas.
« Tout l'amusait : un peu de mousse,
« L'arbre qui bourgeonne et qui pousse,
« Le nid caché dans le buisson,
« Le merle sifflant sa chanson,
« L'onde du ruisseau qui murmure,
« La fleur ou la moindre verdure,
« Le vol léger du papillon,
« Le cri-cri joyeux du grillon ;
« Bref, on voyait toujours mon homme,
« Quoique n'étant pas sot, en somme,

« Musant partout tant et si bien,
« Pour un brin d'herbe, pour un rien
« Ou pour la plus petite bête,
« Qu'on l'avait surnommé « Musette ».

CONCURRENCE

Pierre, chacun le sait, détient les clefs du Ciel
Et, pour y pénétrer, il est essentiel,
Après mûr examen, qu'il veuille le permettre.
En principe, devrait en être exclu tout être
Que le vice a flétri. Certain jour il advint
Qu'auprès de Pierre était Joseph, notre grand Saint,
Et ce dernier trouva que souvent la sentence
De l'apôtre manquait quelque peu d'indulgence.
Y remédier, dès lors, fut son plus grand souci.
Il finit par trouver le moyen que voici :
Tout près, mais hors du Ciel, d'une façon discrète,
Il parvint à construire une trappe secrète
D'où, par un court tunnel habilement compris,
On pouvait accéder très vite au Paradis.

Quand Joseph estimait que Pierre, trop sévère,
Avait outrepassé ses droits en la matière,
Le fait lui paraissant suffisamment prouvé,
Il faisait, de la main, un signe au réprouvé
Et, tout en surveillant, par crainte d'une alerte,
Les dehors dangereux, par la trappe entr'ouverte,
Il le laissait entrer au sein du Paradis...
— Or, un jour, faisant trêve à ses nombreux soucis,
Pierre flânait, heureux, dans le Jardin Céleste.
Il s'arrête soudain. « Quelle surprise... Peste !
« S'exclame-t-il très haut. Dois-je en croire mes yeux ?
« L'homme que j'aperçois parmi les Bienheureux
« Là-bas, n'est-il pas l'un de ceux que ma justice
« A rejeté du Ciel pour péché d'avarice ? »
Il le fait approcher : « Que veut dire ceci ?
« Dis-moi, qui t'a permis de pénétrer ici ? »
L'homme naïvement raconte son histoire
Et Pierre est pris, dès lors, d'une colère noire ;
Son sourcil s'est froncé, puis son poing s'est tendu.
« C'est ainsi, cria-t-il. Alors, c'est entendu,
« Moi, Pierre, il me faut voir saint Joseph, sans vergogne,
« Venir impunément détruire ma besogne !

« Les Arrêts que je rends ne sont plus sans appel.

« Quiconque le voudra peut pénétrer au Ciel.

« Ne suis-je donc plus seul le maître de la porte ?

« Par la grâce de Dieu, que l'on entre ou qu'on sorte,

« Cela ne se fait pas sans ma permission.

« Ecarter les méchants c'est là ma mission.

« Vit-on jamais, Joseph, des audaces pareilles ?

« Je m'en vais, de ce pas, te frotter les oreilles. »

Il s'approche du Saint qui, l'écoutant debout,

Lui laisse déverser sa bile jusqu'au bout.

Mais, après avoir fait, homme prudent et sage,

Sans crainte et sans courroux, tête à ce grand orage,

Joseph, triste, répond : « Puisqu'il en est ainsi,

« Puisque je ne saurais plus être utile ici,

« Je veux abandonner la Céleste Demeure

« Et, quoique avec regret, je vais partir sur l'heure ».

Pendant qu'il préparait son petit baluchon,

Survint la Vierge. « Eh ! quoi, tu quittes la maison ?

« Alors je pars aussi, mon tendre époux, dit-elle.

« Puisque jusqu'à la mort tu me restas fidèle,

« Sur la terre jadis, je veux aujourd'hui, moi,

« Te suivre loin du ciel, car y vivre sans toi

« Me serait trop cruel. » Jésus les entendit

Et voulut, avec eux, quitter le Paradis.

L'Eternel, qui sait tout, accourut pour leur dire

Que, pour suivre son fils, il laissait son Empire.

Lors les Anges, les Saints et tous les habitants

De ces lieux enchantés, voulurent à l'instant

Partir et tous alors, en immense cohorte,

Se dirigent, d'un pas assuré, vers la porte.

N'en croyant pas ses yeux, Pierre est abasourdi.

« Je ne saurais, dit-il, vivre tout seul ici.

« Et je sors à mon tour... » Lors le Père Céleste,

Etendant ses deux bras, leur dit : « Toi, Pierre, reste.

« Quant à vous, mes Elus, retournez sur vos pas.

« Insensé ce serait ! Il ne conviendrait pas

« D'abandonner ces lieux pour une sotte histoire.

« Mon Pierre bien-aimé qui toujours fut ma gloire,

« J'ordonne ce qui suit : Dès ce jour il faudra

« Laisser notre Joseph faire ce qu'il voudra.

« Tu es juste, je sais, mais quelquefois sévère.

« Il est bon que ce Saint dont le cœur est d'un père,

« Intervenant parfois, corrige tes arrêts... »

La trappe s'ouvrira bien souvent désormais.

CONCURRENCE

.   .   .   .

Amis, si vous avez de gros péchés sur l'âme,
Si de l'enfer maudit vous redoutez la flamme,
Par le doute et la peur si vous êtes étreints,
N'hésitez pas, frappez à la trappe du Saint.
On peut toujours compter sur la miséricorde
De son cœur grand ouvert qui de bonté déborde.
Pénétrez dans le ciel par ce moyen subtil.
C'est mon plus grand désir pour vous. Ainsi soit-il!

LE BON DIEU ET LE DIABLE

Suant, soufflant à perdre haleine,
Traînant ses jambes avec peine,
Rentrait chez lui, fourbu, crotté,
Un vieux et bien digne curé.
A sa servante qui l'écoute :
« Ma pauvre Françoise, sans doute,
Dit-il, dès qu'il se fut assis,
« J'ai dû gagner mon Paradis
« Ou, du moins, ainsi, je l'espère.
« Quelle fatigue et quel calvaire !
« Je viens de porter le bon Dieu
« Pour un mourant, mais en quel lieu !
« Car, pour atteindre sa demeure,
« J'ai peiné pendant plusieurs heures

« Et j'ai bien cru, tant j'étais las,
« Que je n'en retournerai pas.
« J'ai marché parmi les broussailles,
« Parmi la ronce et les rocailles ;
« J'ai dû traverser monts et vaux,
« Passer à gué plusieurs ruisseaux,
« Mettre le pied dans des ornières,
« Prendre garde à quelques fondrières.
« M'enfoncer dans des chemins creux
« Pour la plupart combien fangeux !
« Et souvent presque impraticables ;
« En un mot j'arrive du diable... »
« — Vous venez, à ce que je vois,
« Monsieur le Curé, dit Françoise,
Un tantinet, ma foi, narquoise,
« De porter, quelle lourde croix !
« Chose étrange et presque incroyable !
« Le Bon Dieu, vous son prêtre, au Diable. »

. . . .

Est-Il impossible qu'un jour
Le Bon Dieu qu'on dit tout Amour
Fasse la paix avec le Diable ?

Ce serait chose profitable
Pour nos âmes et nos vertus :
Le démon ne nous tentant plus,
Tous, désormais, nous serions sages
Comme les Saints sur les images.

LA TRUIE DE GASPARD

Il s'appelait Gaspard et, sans être orphelin,
Comme Verlaine a dit, n'était guère malin.
Ses parents rêvaient bien, pour lui, d'un mariage,
Mais fonder espoir sur les filles du village,
Même des environs, point n'y fallait songer,
Maints refus étant faits pour les décourager.
Ces filles refusaient un gars qui, pour tout dire,
Ne savait qu'exhiber un innocent sourire
Ou montrer devant tous un stupide regard.
Cependant il était fils unique, Gaspard,
Seul héritier presque d'une fortune. En somme,
C'était ce qu'on appelle un bon parti, notre homme.
Ses auteurs possédaient plusieurs biens au soleil ;
Une maison riante, un verger sans pareil,

Des terres et des bois, plus un beau pâturage
Que jalousaient souvent les gens du voisinage.
Ils avaient bien, aussi, pas mal d'écus sonnants.
Un jour, à table assis, comme nos paysans,
Soucieux sur le sort de leur progéniture,
Se lamentaient entre eux, il advint d'aventure
Que deux époux, venus de loin, passant par là,
Pour un renseignement entrèrent et voilà
Qu'après quelques propos, **on parla mariage.**
Nos voyageurs avaient une fille d'un âge
Quelque peu mûr, assez difficile à placer.
Aussi ce fut, pour eux, un plaisir d'acquiescer
Quand on leur proposa d'aller voir le domaine.
Le sort leur réservait peut-être cette aubaine.
La mère du garçon, prenant son fils à part.
Lui dit auparavant : « Ecoute, mon Gaspard,
« Et tâche de garder tous mes mots dans ta tête.
« Alors qu'on trouvera qu'une chose est bien faite
« Tu diras que c'est toi qui l'as faite. » Il promit
De fort bien répéter ce qu'on lui avait dit.
On partit donc pour la visite du domaine.
On parcourut les bois, les labours de la plaine,

Tout enfin. Le drôle n'avait pas trop surpris
Ses hôtes, jusque-là. De retour au logis,
Une étable cossue attire leur regard.
« Je l'ai faite », leur dit incontinent Gaspard.
Ils échangent entre eux un coup d'œil qui veux dire :
« Mais il n'est pas si sot que cela, notre sire,
« Pour avoir accompli un semblable travail. »
Et, paraissant ravis, admirent le détail.
Or, tout à coup, voici que, sortant de l'étable,
Vient grogner devant eux une bête admirable,
Une superbe truie. « Oh, le bel animal !
« Par Saint Blaise, jamais je ne vis son égal, »
S'exclame l'étranger. « Mais c'est moi qui l'ai faite »,
Répond, tout fier, le gars... La femme stupéfaite
Ne sait que regarder sottement son mari
Qui, les yeux vers le sol et, comme elle, ahuri,
Ainsi qu'une statue, reste figé sur place.
Enfin nos deux époux que le silence lasse
Prennent vite congé par quelques mots confus.
Comme vous le pensez on ne les revit plus.

. . . .

LA TRUIE DE GASPARD

Si, parmi mes lecteurs, il est une lectrice
Qui ne recule pas devant le sacrifice,
Qu'elle songe à Gaspard et, sachant que, pour lui,
Le soleil de l'amour n'a pas encore lui,
Qu'envers ce pauvre gas elle ait un regard tendre,
— La cause, je l'affirme, est belle à entreprendre —
Et que, pour adoucir les peines de son cœur,
Devenant son amante, elle soit l'âme sœur.

LA MÉSAVENTURE DE CÉLESTIN

Célestin, enfant d'Aquitaine,
Près d'atteindre la soixantaine,
Terrassé par un mal subit,
S'envola vers le Paradis.
Bientôt il fut près de la porte
Où s'entassait une cohorte
De gens comme lui trépassés.
Là tous confessaient leur passé
Et présentaient une requête
Pour supplier qu'on les admette
Sans plus tarder dans le Saint-Lieu,
Près de la Vierge et du Bon Dieu.
Mais des gardiens Pierre modèle,
A son devoir étant fidèle,
Gardant le seuil jalousement,
Ne fléchissait pas aisément.

Lors se présente un pauvre hère,
Dépenaillé, suant misère,
Mais puant les vices aussi,
Et Pierre l'interroge ainsi :
« Quel fut ton destin sur la terre ?
« Y restas-tu célibataire ? »
« — Non, répondit craintivement
Notre peu rassuré manant,
« Mais peut-on m'infliger un blâme
« Pour avoir osé prendre femme ? »
Un instant Pierre réfléchit,
Puis, d'une voix douce, il reprit :
« Subir sa femme est méritoire,
« D'avance on fait son purgatoire.
« Puisqu'ainsi beaucoup tu souffris,
« Tu peux entrer au Paradis... »
A son tour Célestin s'avance,
Se croyant assuré d'avance
D'obtenir place au Paradis.
L'interrogeant Pierre lui dit :
« Etais-tu marié sur terre ? »
« — Deux fois, dit-il, aussi j'espère

« Avoir grandement mérité
« D'entrer dans l'Auguste Cité. »
La voix de Pierre se fit dure :
« Pars d'ici, sotte créature,
« Le Ciel n'est point fait pour ton cas
« Et jamais tu n'y entreras,
« Je te le jure sur mon âme. »
« — Mais pourtant si prendre une femme
« C'est souffrir, j'ai souffert, ma foi,
« C'est incontestable, deux fois,
« Plus que ceux qui n'en ont pris qu'une. »
« — Il est assez d'une infortune
« Pour le sage, le Saint lui dit.
« Tu sauras donc qu'au Paradis,
« — N'insiste pas, c'est inutile —
« On n'admet pas les imbéciles. »

. . . .

Mais le conte ne nous dit pas
Ce que fait Pierre en l'autre cas.
En vérité, c'est nous qui sommes
Pour nos femmes de méchants hommes.

LA MÉSAVENTURE DE CÉLESTIN

S'il arrive que quelquefois
Des maris subissent les lois
De leur épouse volontaire,
Plus souvent c'est tout le contraire.
Nous connaissons tous, ici-bas,
Des hommes, hélas ! au cœur bas,
Dont, comme l'enfer, l'âme est noire,
Qui font faire le purgatoire
A leur épouse, sans merci.
Et je ne parle point ici
De ces querelles de ménage
Fréquentes dans le mariage
Qui sont plutôt piment d'amours,
Contre l'ennui d'un grand secours ;
Nul ne contestera, je pense.
Mais si Pierre est plein d'indulgence,
Soit avec raison, soit à tort,
Pour le sexe qu'on nomme fort
Ne le méritant guère, en somme,
Comme ce saint est galant homme,
Mesdames, soyez sans soucis :
Toutes irez en Paradis.

LES DEUX TÊTUS

Le premier avait nom Thomas.
C'était un jeune et pauvre gas,
A ce que raconte l'histoire,
Par trop dépourvu de mémoire.
Quelques personnes toutefois
L'auraient jugé plutôt sournois,
N'agissant que sur son caprice
Et plein d'astuce ou de malice.
Le second était son curé
A lui-même s'étant juré
Qu'il enseignerait l'Evangile
A cette cervelle indocile,
Rien ne devant le rebuter,
Quelque ennui qu'il put en coûter.

Il s'appliqua donc à sa tâche,
Pour ainsi dire, sans relâche.
Le début ne fut pas heureux,
Le drôle, au cerveau vaporeux,
Laissant sortir par l'autre oreille,
Le lendemain, ce qui la veille
Dans l'une à grand' peine est entré.
Mais, s'entêtant, notre curé
Recommençait. tout plein de zèle,
Son apostolat, de plus belle.
Or l'enfant s'entêtait aussi
Paraissant n'avoir nul souci
Du mal que se donnait le prêtre.
Donc, entre l'élève et le maître,
Le duel était angoissant,
Le brave curé ne cessant,
Tant il trouvait son œuvre belle,
De montrer une ardeur nouvelle,
Vingt fois répétant la leçon,
Tandis que semblait le garçon
Ne rien comprendre à tant de choses
Quoique servies à faibles doses.

Le jour cependant arriva
Où récompensé se trouva
L'effort du pasteur. Moins rebelle
Se montrait l'enfant. Sa cervelle
Paraissait s'éclairer enfin.
Sans être encore très malin,
Assez souvent le petit homme
Répondait assez bien, en somme.
Après le calvaire gravi,
Le prêtre s'en trouvait ravi.
Il en parlait et sans mystère,
Complaisamment à ses confrères,
Disant les résultats acquis,
Après tant et tant de soucis.
Ils pouvaient croire à sa parole.
L'un d'eux rencontre un jour le drôle.
Il l'aborde. « Dis moi, petit,
« Quel jour est-il mort, Jésus-Christ,
« Selon que l'enseigne l'Eglise ? »
 Les yeux grandis par la surprise,
L'enfant répond : « Il est donc mort ?
« Ceci vraiment est un peu fort !

« C'est une bien triste nouvelle

« Qui bouleverse ma cervelle.

« Malade je le savions point.

« Etait-ce un brave homme, du moins ?

« Il est tant de coquins sur terre !...

« — Sera-ce demain qu'on l'enterre ? »

. . . .

Tous, comme moi, certainement,

Vous direz avec assurance

Que le plus entêté souvent

N'est pas celui que d'aucuns pensent.

LA MUSELIÈRE INDISPENSABLE

C'était en gare de Gourdon.
Un paysan des environs,
Muni d'un modeste bagage,
Partait pour un petit voyage.
« — Quelle classe pour le billet ? »
Demande l'homme du guichet.
Nez allongé, face inquiète,
Le voyageur, grattant sa tête,
Manifeste un gros embarras.
« — Ma foi, je ne le savons pas,
« Faites à votre convenance.
« Me voici satisfait d'avance... »
« — Décidez comme il vous plaira
« Parlez et l'on vous donnera

« Première, seconde ou troisième. »
« — Je crois vraiment qu'une quatrième
« Conviendrait beaucoup mieux encor
« A mon gousset peu rempli d'or.
« Je ne suis pas pour la dépense.
« Vous m'approuverez bien, je pense ;
« L'argent, c'est pénible à gagner
« Il faut tant et tant besogner ! »
Le préposé, pince sans rire,
Sans même esquisser un sourire,
D'une voix ferme lui répond :
« Mon goût au vôtre correspond.
« J'aime que l'on soit économe.
« Puisque vous êtes un brave homme,
« Accédant à votre désir
« Je vais, pour vous faire plaisir,
« Poussant l'obligeance à l'extrême,
« Vous délivrer une quatrième,
« Quoique ne l'ayant jamais fait.
« Vous serez ainsi satisfait.
« Rendre service est agréable.
« Mais avant, chose indispensable,

« Procurez-vous un instrument
« Exigé par le règlement.
« C'est la condition première :
« Mettez-vous une muselière. »

. . . .

Je voudrais bien, à ce propos,
Philosopher, en quelques mots,
Sur cette criante injustice
Qui fait infliger ce supplice,
Par des règlements abusifs,
A des toutous inoffensifs,
Tandis que parfois, chez leurs maîtres,
On voit dénaturés des êtres,
Avec un féroce appétit,
Mordant leurs frères sans répit.
Pour ces créatures fangeuses,
Aux langues par trop venimeuses
Enlevant parfois les morceaux
Selon l'expression vulgaire,
N'en déplaise aux sentimentaux,
Je réclame une muselière.

LA RAIE SÉPARATRICE

Hommes et femmes se mêlant,
Aux offices, dans son église,
Un curé jugea malséant
Cette vieille habitude prise.
Il résolut d'y mettre fin.
Lors donc un dimanche matin,
Ayant pris un morceau de craie
Et traçant une blanche raie
De haut en bas, en son milieu,
Il partagea la nef en deux.
« Voici, dit-il, à ses fidèles,
« Il ne faut plus qu'on s'entremêle.
« Que les hommes dorénavant
« De leur femme se séparant

« Restent à gauche dans l'église.

« Remarquez le trait qui divise.

« Pour les femmes le côté droit.

« Je veux ainsi que cela soit.

« Je vous le répète et j'espère

« Que vous m'avez compris, mes frères. »

Or le dimanche qui suivit,

Le prêtre, avec quelque dépit,

Constatant que bien des fidèles

Avaient enfreint ses lois nouvelles,

Dit : « Que leur esprit est étroit !

« Des hommes sont du côté droit

« Mêlés imprudemment aux femmes

« Pour le plus grand dam de leurs âmes.

« L'un d'entre eux est même, Seigneur,

« De mes paroissiens le meilleur.

« Leur inconscience m'effraie.

« A quoi sers-tu donc, ô ma raie ?

« Sur ta gauche des femmes sont

« Qui s'y sont mises sans raison,

« Une autre, en ce moment t'enjambe,

« Pour le bouquet, le croirait-on,

« J'en vois encore, sans façon,
« Ayant la raie entre les jambes ! »

. . . .

Ce serait étrange vraiment
S'il pouvait en être autrement.
Il ne croyait pas si bien dire
Notre héros pince sans rire.

DU ROUGE AU VERT

Aimant fort la dive bouteille,
Justin, un jour, non sans raison,
Se surprit la face vermeille
Et le nez par trop rubicond.
Son humeur en devint chagrine
Et d'autant mieux que la voisine,
Mauvaise langue s'il en fut,
Dès lors qu'elle s'en aperçut,
En fit de méchants commérages,
Cela pour le plus grand dommage
Du repos de notre Justin.
Or voilà que l'homme, un matin,
Lut ceci dans une gazette :
« Une merveilleuse recette

« Supprime les rougeurs du nez ;
« Ecrivez-nous, vous guérirez.
Et Justin aussitôt d'écrire
Pour ce remède qu'il désire.
La réponse vint ; la voici :
« Vraiment ce n'est pas être sage.
« Croyez-nous, de vouloir ainsi
« Anéantir sur un visage
« Ce qui lui vaut son charme, ami.
« Vive la couleur écarlate !
« La voir briller, quel beau désir !
« Quand sur un nez le rouge éclate
« Nos cœurs tressaillent de plaisir.
« Un nez vermeil est comme un phare
« Qui projette au loin tous ses feux
« Et seuls s'en moquent les ignares,
« Les méchants ou les envieux.
« Bien loin d'être un objet frivole,
« C'est un drapeau, c'est un symbole,
« Le symbole de la gaîté :
« Il ne sied point d'être morose,
« Nous le disons en vérité,

« Quand on a le nez peint en rose.

« Mais un nez rouge c'est aussi,

« Vous ferez bien d'en prendre note,

« Une véritable Mascotte,

« Un porte-bonheur pour celui

« Que le destin en a nanti

« L'expérience nous l'assure.

« Néanmoins si vous désirez

« Abolir les rougeurs du nez

« Pour transformer votre figure,

« Voici le remède certain

« Dont l'effet sera souverain :

« Ne changez pas votre habitude.

« Boire étant un plaisir divin

« Soit par crainte ou par lassitude

« Ne délaissez pas le bon vin.

« Videz le verre sans vergogne

« Et sans pitié pour votre trogne.

« Buvez le liquide à longs traits ;

« Buvez souvent et buvez frais

« Et nous verrons que, par la suite,

« Après une telle conduite,

« Ce miracle se produira :
« Votre rouge disparaîtra,
« Car ami, vous pouvez y croire
« Au secret par nous découvert :
« Si vous continuez de boire
« Votre nez deviendra tout vert, »

. . . .

Le conseil émane du Diable
Qui veut ta mort, pauvre Justin.
Tu guériras si, raisonnable,
Tu mets beaucoup d'eau dans ton vin.

TABLE DES MATIÈRES

TABLE DES MATIÈRES

8448. — Imp. Jouve et Cie, 15, rue Râcine, Paris. — 9-1928

9 782329 090016